La Entrenadora

Erika Sanders

La Entrenadora

Erika Sanders

Dominación y Sumisión Erótica

Imagen portada: © Pexels - Pixabay, 2025

Primera edición: 2025

Sinopsis

Erika piensa que su entrenadora es muy sexy. ¿Hará algo cuando esté a solas con ella?...

La Entrenadora es una novela de fuerte contenido erótico BDSM y, a su vez, una nueva novela perteneciente a la colección **Dominación y Sumisión Erótica**, una serie de novelas de alto contenido BDSM romántico y erótico.

(Todos los personajes tienen 18 años o más)

Nota sobre la autora:

Erika Sanders es una conocida escritora a nivel internacional, traducida a más de veinte idiomas, que firma sus escritos más eróticos, alejados de su prosa habitual, con su nombre de soltera.

Indice

LA ENTRENADORA ERIKA SANDERS

CAPÍTULO 1

A pesar de estar bastante cansada por los cursos universitarios del día, Erika hizo un esfuerzo por hacer ejercicio en el gimnasio de la universidad. Ella lo necesitaba. Francamente, ella era la peor jugadora del equipo de softbol.

Claro, ya estaba en buena forma, pero en comparación con las otras chicas del equipo, simplemente no era lo suficientemente buena y fue un milagro que incluso llegara a formar parte del equipo. El equipo requería una cantidad mínima de jugadores y Erika era ese mínimo.

Después de realizar una rutina de empujar y jalar con varias máquinas, se tomó un respiro antes de trabajar los abdominales. Hizo treinta repeticiones en rápida sucesión en un banco, descansó un minuto y luego repitió la serie dos veces más.

Cuando tuvo problemas con el último juego, miró hacia arriba y vio un rostro que bloqueaba la luz. Una mujer se paró al azar sobre ella con la cara sudorosa, una cola de caballo desordenada y una toalla envuelta alrededor de su cuello.

"¡Vamos, repeticiones, repeticiones, repeticiones!" animó la mujer en tono de broma.

Erika reconoció al instante que era la entrenadora Bethy . Hizo algunas repeticiones adicionales con los abdominales como para demostrar su dureza y luego se puso de pie para saludar a la entrenadora.

"Hola", sonrió, tomando respiraciones profundas del ejercicio.

La entrenadora Bethy le devolvió la sonrisa. "Lamento interrumpir tu entrenamiento. Necesitabas un empujón".

"Sí, estoy tratando de ponerme en mejor forma".

"Me alegra ver que estás trabajando duro", respondió la entrenadora. "Hablando de eso, ¿estuviste aquí todo el tiempo? No te había visto".

La entrenadora se secó la cara con una toalla. "Estuve en la sauna durante la última media hora. Antes de eso, hice una hora de cardio en la caminadora".

"Lindo."

"¿Eres corredora, Erika?" ella preguntó. "¿Qué tan seguido corres?"

"No tanto como me gustaría. Corro más a menudo cuando no hay escuela. Tal vez de 3 a 5 millas".

"Maravilloso."

"Obviamente no tengo resultados como tú", respondió Erika, notando que los músculos de la entrenadora se ondulaban al respirar. "Quiero decir, Dios mío, tu físico es asombroso".

La entrenadora Bethy flexionó un bíceps. "Gracias. Mucho trabajo duro".

"Quiero decir, en serio. Tienes una gran genética".

"De alguna manera, pero con toda honestidad, soy inteligente con mi rutina".

"¿Algún secreto?" preguntó Érika. "Mataría por tener un cuerpo como el tuyo".

"En primer lugar, gracias, eso es dulce. En segundo lugar, siéntete orgulloso del cuerpo que tienes. Las mujeres son demasiado duras consigo mismas. Creo que cada mujer es hermosa a su manera única. Sé tú misma y luce lo que tienes".

Érika asintió. "Oh, definitivamente estoy de acuerdo con ese sentimiento. Pero no todas las chicas están en un equipo deportivo. De hecho, estoy en TU equipo, y nuestras probabilidades de ganar juegos aumentarían exponencialmente si estuviera en mejor forma".

Para mayor efecto, Erika pestañeó y la entrenadora se rió.

" Dime tu rutina de ejercicios y dieta típicas. Luego, si puedo, te daré algunas ideas".

Erika hizo un breve resumen de su régimen habitual de ejercicios y plan nutricional; todo, desde cómo le gustaba correr y qué ejercicios hacía.

"Creo que encontré tu problema", dijo la entrenadora Bethy en un tono concluyente.

"¿Qué es?"

"Es probable que haya llegado a una meseta. Ahí es cuando su cuerpo está tan acostumbrado a la misma rutina que deja de adaptarse, por lo que ya no está obteniendo ganancias".

Erika frunció los labios. "Hmmm... Interesante. He usado la misma rutina durante años, así que puede que tengas razón".

"Tal vez levante pesas más pesadas o intente ejercicios más explosivos. Cambie las cosas, encuentre algo divertido".

"¿Alguna recomendación?"

"Personalmente, me gusta nadar", respondió la entrenadora. "Es de bajo impacto en mis articulaciones, de alta intensidad y me da una sensación de libertad cuando estoy en el agua".

"Dios, me encantaba nadar cuando era niña. Menos cuando nuestra familia se mudó a un lugar diferente. No he ido a nadar desde que me mudé a la universidad".

"Ahí tienes. Problema resuelto. Intenta nadar. Nada duro, nada rápido, pero no te duela demasiado, o de lo contrario no podrás practicar el softbol correctamente. Si combinas eso con una buena dieta, Notarás grandes cambios en tu cuerpo".

"El problema es que todas las piscinas cercanas siempre están ocupadas", se quejó Erika. "Sobre todo la piscina de la universidad".

"Cierto, por eso siempre llego temprano al campus y nado solo. El horario funciona perfectamente para mí".

"¿Nadar solo? Eso debe ser agradable. Solo puedo soñar".

"¿Estoy sintiendo celos?" bromeó la entrenadora. "Sí, tengo la piscina para mí sola. Es terapéutico para mí, tanto física como mentalmente. Es una excelente manera de comenzar un día ajetreado".

"Estoy totalmente celosa".

"Eres bienvenido a unirte a mí, siempre y cuando lo mantengas en secreto".

"¿Está segura?" preguntó Erika, sorprendida por la oferta.

"¿Por qué no? ¿Estarás incómoda?"

"Depende. ¿Eres un asesino en serie?"

La entrenadora Bethy negó con la cabeza. "No, pero puedo ser un asesino en serie que mata a otros asesinos en serie, como Dexter".

"Funciona para mí", respondió Erika, antes de detenerse a pensar. "No te estoy molestando, ¿verdad? Quiero decir, no quiero interrumpir tu tiempo privado".

"Tonterías. Estaré en la piscina el lunes a las 6:45 de la mañana. Si te interesa, llega a tiempo y trae una toalla y un traje de baño. Tendremos una hora a solas".

"Es una cita", sonrió Erika.

La entrenadora le dio una mirada burlona. "Interesante elección de palabras. De todos modos, debo irme y necesito una ducha. Siento interrumpir tu entrenamiento de abdominales".

"No te preocupes. Mis abdominales apestan de todos modos".

La entrenadora tocó el vientre de Erika. "El lunes por la mañana. Te mostraré algunas buenas rutinas de abdominales en la piscina".

"¿Crees que eso funcionará para mí?"

"Funcionó para mí", respondió la entrenadora, frotándose el estómago plano, sintiendo los músculos tensos.

CAPITULO 2

Con toda seriedad, Erika quedó impresionada por la oportunidad de entrenar en privado con la entrenadora. Después de todo, esta entrenadora era una persona increíble y estaba en una forma fantástica.

En el fondo, Erika siempre soñó con ser esa chica. La chica que había acertado el tiro ganador, luego todo el equipo la levantaba sobre sus hombros, para que pudiera desfilar por el campo como una heroína. Era poco probable, pero una fantasía, no obstante.

El lunes llegó a tiempo y saludó a la entrenadora Bethy . Después de abrir la piscina, encender las luces y encender la calefacción, fueron al vestuario a cambiarse. Se pusieron el traje de baño en diferentes áreas de casilleros para no verse desnudas.

Se encontraron en el área de la piscina donde se tomaron un momento para admirar el traje de baño de la otra.

"¿Eso es nuevo?" preguntó la entrenadora.

"Sí. Lo compré durante el fin de semana".

"Bien. Parece que estás lista para comenzar".

Hicieron sus calentamientos y aflojaron las extremidades durante varios minutos. Cuando sus cuerpos estuvieron tibios, se sumergieron en la piscina y nadaron. Ritmo normal al principio. Luego nadaron rápidamente de un lado a otro entre ambos extremos de la piscina, trabajando en su fuerza y resistencia cardiovascular.

Después de diez vueltas con muy poco descanso entre ellas, se apoyaron en el borde de la piscina con los brazos sobre el cemento.

"Eso fue intenso", resopló Erika con una respiración pesada.

"Lo fue. Y me encanta".

El ritmo cardíaco de Erika se normalizó. "Definitivamente estaré dolorida mañana".

La entrenadora Bethy levantó una ceja. "¿Así que crees que ya hemos terminado?"

"¿No es así?" Erika respondió.

"Tus abdominales, ¿recuerdas? ¿No querías trabajar en ellos?"

"Creo que he tenido suficiente entrenamiento básico nadando esas vueltas".

Una sonrisa sádica apareció en los labios de la entrenadora. "Tonterías. Ya estamos en la piscina, así que podemos hacer lo que vinimos a buscar aquí. Sigue mi ejemplo. Pon tu espalda contra la pared, agárrate al concreto con los brazos y levanta las piernas. Así ."

La entrenadora Bethy lideró con el ejemplo, poniendo su espalda contra la pared, apoyando sus brazos en el concreto y luego elevando las piernas para que sus pies salieran del agua. Hizo varias repeticiones. Erika hizo lo mismo pero tuvo problemas después de la tercera repetición.

"Esto es difícil", suspiró Erika, volviendo a poner los pies en el suelo. "Es mucho más difícil cuando el agua agrega resistencia".

"Ese es el punto."

"No puedo seguir".

" Claro que puedes, solo unas pocas repeticiones más".

Erika sacó la lengua. " Ughhh ... ¿puedes ayudarme al menos?"

"Seguro."

Fue entonces cuando la entrenadora metió las manos en el agua para ayudar a Erika presionando debajo de la parte inferior de los muslos, lo que permitió hacer más repeticiones.

"Ahora, esto es lo que yo llamo hacer ejercicio", Erika sonrió mientras el entrenador la ayudaba a levantar las piernas para hacer algunas repeticiones más.

"Me sorprende que no te haya asustado todavía, para ser honesta".

"¿Del entrenamiento? No soy la mejor atleta natural, pero tampoco me rindo. Aunque traté de dejarlo hace un momento. Soy persistente cuando necesito serlo".

Erika continuó haciendo levantamientos de piernas en el agua mientras el entrenador asistía sus movimientos.

"Me refiero a la otra cosa", dijo la entrenadora Bethy . "No pareces del tipo. Por eso estoy sorprendida".

"Ahora estoy totalmente confundida".

" No importa ".

Erika bajó las piernas y se miraron. "Aludiste algo la semana pasada acerca de no querer entrenar conmigo. Ahora estás insinuando algo otra vez. ¿Hay algo que me estoy perdiendo? Quiero decir, ¿eres un asesino en serie o qué? Te prometo que no lo diré. "

"¿No sabes?" preguntó la entrenadora. "Soy lesbiana. Supongo que eres la única chica del equipo que aún no se ha enterado".

"Oh..."

"¿No recibiste el memorándum?"

"No sabía que había uno", Erika se encogió de hombros.

"Entiendo que es 2023, y no estoy sugiriendo que seas homofóbica ni nada. Pero algunas de las chicas del equipo provienen de entornos religiosos, cuyos padres contribuyen con mucho dinero a esta institución académica. Es algo complicado. "

"¿Te están chantajeando?"

La entrenadora Bethy negó con la cabeza. "No, nada de eso. Es una larga historia. Pero básicamente algunas de las chicas del equipo me vieron besar a una profesora en el vestuario".

"¿Una profesora?" Erika preguntó, ocultando su sorpresa.

"Sí, una profesora. Fue una cosa de corta duración. La maestra no podía esperar y entró y nos besamos. Pensé que teníamos suficiente privacidad, así que lo permití. De todos modos, lo vieron y estaban tan sorprendidos como lo eres. Hablamos y acordaron mantenerlo en secreto para mí. Sin embargo, las chicas siempre son chicas, y sé que difunden información sobre mí. He notado que algunos de las jugadoras del equipo se ríen cuando me ven. Oye . , así es la vida, ¿verdad?"

"Eso apesta".

"¿Qué puedo hacer? No estoy en una posición de ventaja aquí".

"Es 2023, puedes ser tan gay como quieras", afirmó Erika.

"Lo sé. Pero el estigma estará ahí, y no quiero poner las cosas raras porque estoy mucho tiempo con miembros prominentes de esta institución. Miembros que, digamos, son mucho más tradicionales que nosotras. No es que es algo malo. Así son las cosas".

"Para que conste, no tengo ningún problema con tu estilo de vida. Creo que eres hermosa e increíble. Y lo digo en serio desde el fondo de mi corazón".

"Eso significa mucho", sonrió la entrenadora. "De todos modos, no estaba seguro de cuáles eran tus puntos de vista. Es por eso que dudaba acerca de que trabajáramos en privado".

"¿Cómo sabes en qué dirección me balanceo?"

"Tus ojos tienden a fijarse en mis músculos. No en mis pechos, piernas o labios".

Érika sonrió. "Supongo que es un buen indicador".

"Bueno, será mejor que salgamos de la piscina antes de convertirnos en ciruelas pasas por estar tanto tiempo en el agua".

"No he terminado con mis levantamientos de piernas".

"¿No es así?" preguntó la entrenadora, sabiendo a dónde se dirigía esto.

"Estoy segura de que puedo hacer algunas repeticiones. Dios sabe que mi núcleo necesita toda la ayuda que pueda obtener".

"Supongo que necesitas ayuda".

Erika presionó su espalda contra la pared y se aferró al concreto. "No puedo hacer estas elevaciones de piernas en la piscina sin tu ayuda. Claramente no soy tan fuerte como tú".

"Creo que comprometerse con tu estado físico es bastante fuerte".

La entrenadora Bethy metió la mano en el agua y colocó sus manos debajo de los muslos de Erika nuevamente, ayudándola a hacer las elevaciones de piernas en el agua. El estado de ánimo entre ellas había cambiado. Era como si se hicieran más cercanos a partir de la información que compartían. La vinculación tiende a suceder de esa manera.

"¿Cómo se siente?" preguntó la entrenadora. "¿Ya estás ardiendo?"

"¿Estás hablando de mi centro o de tus manos cerca de mi trasero?"

La entrenadora Bethy soltó un suspiro burlón. "Contesta eso como quieras".

"Ambos arden. En el buen sentido".

Se sonrieron la una a la otra y, después de algunas repeticiones asistidas más, Erika suplicó que se detuviera porque le dolían los músculos del estómago. La entrenadora la soltó y Erika apoyó las piernas en el suelo de la piscina.

"Eres un buen deportista", dijo alegremente la entrenadora. "Me gusta tu ética de trabajo".

Erika se tensó de repente. "¿Puedo preguntarte algo? Es un poco vergonzoso, pero quiero preguntarte de todos modos".

"Claro, cualquier cosa".

"¿Cuándo lo supiste? Quiero decir, sabes a lo que me refiero. ¿Pero cuándo lo supiste?"

Por supuesto que la entrenadora entendió la pregunta. "Siempre lo he sabido. ¿Por qué? ¿Están equivocados mis instintos acerca de ti?"

Érika negó con la cabeza. "No, bueno, no lo sé. Es complicado".

"Hmmm..." la entrenadora tarareó por lo bajo. "Eres interesante".

"¿Por qué? ¿Porque soy rara y no caigo en los estereotipos?"

"Tal vez."

"Bueno, eso es tranquilizador", respondió Erika.

"Está bien ser curioso. Es perfectamente natural. Pero no estoy segura de si soy la persona adecuada con la que deberías hablar. Soy una empleada de esta escuela y estoy sujeto a pautas éticas".

"Soy un adulto".

La entrenadora Bethy respiró hondo. "Si tienes curiosidad acerca de algo, entonces estoy aquí para ti. Sé que estás en un momento difícil en tu vida, siendo una mujer joven en la universidad".

"Gracias."

"¿Había algo específico de lo que quisieras hablar?"

"¿Cómo sucedió la primera vez?" Erika se obligó a preguntar. "Quiero decir, ¿perseguiste a la otra persona? ¿O la otra persona te persiguió?"

"Fue mutuo, para ser honesto. Mi primera vez fue de tu edad cuando estaba en la universidad. Era compañera de cuarto de esta chica. Te ahorraré los detalles. Pero sabía lo que era. Ella estaba indecisa sobre cosas. Lo único que teníamos en común era que realmente nos llevábamos bien. Teníamos una gran química juntos y, sorprendentemente, ella se sintió atraída por mí".

"No creo que eso sea una sorpresa en absoluto. Eres sexy".

La entrenadora sonrió, "Gracias. Pero esa fue mi primera vez. Simplemente sucedió una noche cuando estábamos estudiando juntos. Te ahorraré las partes sexys" .

"Estudiar y luego besarse. Eso suena muy bien".

"Todavía no puedo creer que mis instintos estuvieran equivocados acerca de ti".

Érika se encogió de hombros. "Mantengo ciertas cosas sobre mí muy bien guardadas. Soy buena con los secretos. Nunca antes había tenido esta discusión con nadie".

"Bueno, me siento halagada. Ahora, ¿por qué lo preguntas? ¿Tenías a alguien en mente? ¿Alguien con quien te interese salir?"

"Dios, no. Lo admito, pienso en algunas de mis amigas así, y no me importaría besarlas, pero nadie ha hecho un movimiento conmigo todavía".

La entrenadora Bethy se rió. "¿Es así como vives tu vida? ¿Esperando que otros den el primer paso?"

Érika asintió.

"Esa no es una buena estrategia de vida", respondió la entrenadora. "De hecho, es una terrible estrategia de vida".

"¿Cuál es la alternativa? ¿Coquetear con chicas en el bar local? ¿Encontrar una aplicación de Tinder para lesbianas en mi teléfono? No sabría qué hacer".

"Mmm..."

"¿Qué significa eso?"

La entrenadora negó con la cabeza. " No importa ".

"No me digas."

"Nada. Solo estaba pensando que como puedes guardar un secreto, nos llevamos bien, y tenías curiosidad, podría haberte ayudado con tu pequeño dilema. Por supuesto, eso sería una violación de la ética".

Los ojos de Erika se agrandaron y no hizo ningún esfuerzo por ocultar sus emociones. ¿Podría tal oferta realmente estar sobre la mesa? Solo pensar en eso hizo que sus piernas se cruzaran en la piscina. Ella tampoco hizo ningún intento por ocultar eso. De hecho, estaba segura de que la entrenadora Bethy podía oler su excitación emanando de la piscina usando superpoderes.

"Puedo guardar un secreto", chilló Erika.

"Las reglas son las reglas. No debería haber mencionado eso".

"¿ Así que nunca conduces por encima del límite de velocidad?"

"Eso es diferente."

"¿Cómo?"

La entrenadora Bethy pensó por un momento. "¿Juras que nunca le dirás a nadie?"

"Lo juro. Cuando se trata de secretos, soy confiable".

"Si incumples esta promesa, el castigo es la muerte".

Erika batió sus pestañas y asintió. "Triple juramento ".

"Cierra tus ojos."

Y fue entonces cuando todo cambió. Erika mantuvo los ojos cerrados, sintió el flujo del agua a su alrededor y luego sintió un par de labios presionarse contra los suyos. El beso se sintió agradable, suave y apasionado. Así era como debería sentirse un buen beso. Fue mucho más tierno que cualquier otro beso que jamás había sentido. La sensación de sus labios tocándose envió una sensación agradable por la columna vertebral de Erika.

Cuando la entrenadora deslizó su lengua, Erika sintió que su coño se apretaba con fuerza. Sus piernas se cruzaron con más fuerza y sus dedos de los pies se curvaron. Sus lenguas lucharon durante unos segundos antes de que la entrenadora se alejara.

"Puedes abrir los ojos ahora", dijo el entrenador.

Erika abrió los ojos para ver a la hermosa mujer sonriente. "Eso fue..."

"Ahora ya sabes cómo es. La curiosidad se ha ido".

"¿Te gustó? Quiero decir, haciéndomelo a mí".

La entrenadora Bethy asintió. "Honestamente, sabes bien. Delicioso, incluso".

"Gracias," Erika se sonrojó. " Tú también".

"Debemos irnos ahora. Tengo clase en aproximadamente media hora. Esto fue agradable. Sin embargo, nunca podremos volver a hacerlo".

"¿Por qué no?"

"Sin resentimientos, ¿de acuerdo? Te veré en la práctica mañana".

Cuando la entrenadora intentó salir de la piscina, los instintos y las hormonas de Erika entraron en acción y agarró la entrenadora por la cintura y la atrajo hacia sí para que se besaran de nuevo. Erika se sorprendió a sí misma cuando lo hizo. Estaba aún más sorprendida de que la entrenadora no le diera una bofetada en la cara.

Entonces el beso terminó y se miraron.

"Lamento haberte agarrado así", dijo Erika con un dejo de arrepentimiento. "No sé qué me pasó".

"Eres joven y te gusta besar. Lo entiendo. Pero nunca juegues dominante conmigo. Este es mi gimnasio. Soy tu entrenadora. Estoy a cargo".

Ahora era el turno de la entrenadora de ejercer el control tirando de Erika para darle un beso aún más profundo, mostrando cómo se hacía. Mostrando un verdadero sentido de control sobre la situación, la entrenadora incluso deslizó su mano hacia abajo, jaló la parte inferior del traje de baño de Erika hacia un lado y hundió dos dedos, sin detenerse hasta que Erika llegó.

Y Erika se vino en poco tiempo.

CAPÍTULO 3

Era todo en lo que podía pensar, en realidad. Después de una experiencia así, ¿por qué pensar en otra cosa?

Por eso fue una gran sorpresa para Erika que la entrenadora aparentemente le dio la espalda en la práctica del día siguiente. Una vez más, la entrenadora jugó favoritos y pasó la mayor parte de su tiempo comunicándose con los mejores jugadores y brindando instrucciones generales. Era comprensible dada la presión para que el equipo ganara.

Pero aún así, no besas a una chica, haces que se corra en la piscina y pretendes que nunca sucedió. Eso simplemente no está bien. Como mínimo, Erika esperaba una sonrisa y un saludo con la mano, pero ni siquiera entendió eso.

Peor aún, la entrenadora incluso le pidió que guardara el equipo sola, ya que era su 'turno para limpiar'. Se dio cuenta de que estaba siendo castigada por su comportamiento sexual demasiado agresivo en la piscina, y esta era la manera de la entrenadora de hacerle saber quién manda.

Cuando Erika finalmente pudo ir a la ducha, se tomó su tiempo y aprovechó la oportunidad para relajarse. Las otras chicas ya se habían duchado, salido del vestuario y la pobre Erika estaba sola. Se restregó y se lavó el cabello con champú. Todo en lo que podía pensar era en cómo había tenido esta hermosa experiencia con la entrenadora, que de alguna manera se estropeó.

Cuando el champú desapareció y se echó el pelo hacia atrás, vio a alguien por el rabillo del ojo y se volvió para ver a la entrenadora Bethy parada allí, todavía vestida con una camiseta sencilla y pantalones de chándal, apoyada contra la pared mirándola.

Erika cerró la ducha y dejó que el agua escurriera de su cuerpo. No tuvo ningún problema en pararse con el trasero desnudo frente a su entrenadora. Tal vez fue porque ya estaba tan agotada; físicamente por la práctica y emocionalmente por el maltrato percibido. O tal vez porque era excitante dejar que su entrenadora la viera así desnuda.

"Te ves linda de esta manera", dijo la entrenadora con ojos de admiración.

"¿Como desnuda?"

La entrenadora Bethy sonrió. "Sí, tus tetas son bonitas, como las imaginaba. Me encanta la forma en que el agua cubre tus turgentes pechos, y esos pezones rosados son para morirse".

Las palabras tranquilizadoras hicieron que Erika mantuviera la barbilla en alto y apuntara su pecho hacia adelante.

"Sigue adelante."

La entrenadora Bethy examinó más a fondo. "Tienes una figura encantadora. Piel suave. Una forma agradable. Y un bonito trasero redondo entre el que desearía poder enterrar mi cara".

Erika apretó las nalgas ante la mera mención de su forma redondeada.

"Tal vez te dejaría jugar con mi trasero si no fueras tan desdeñosa conmigo hoy. ¿Lo de la piscina no significó nada para ti?"

"En primer lugar, eres absolutamente deliciosa", afirmó la entrenadora Bethy . "En segundo lugar, la razón por la que te asigné la limpieza es para que estemos solas en este momento".

El coño de Erika se apretó. "Oh."

"Seré honesta, no puedo dejar de pensar en ti. Pero al mismo tiempo, no quiero perder mi trabajo o mi reputación por esto".

"Puedo guardar un secreto", dijo Erika.

"¿Jurar?"

"Lo juro."

"Bien, porque necesito una ducha", respondió la entrenadora Bethy . "¿Puedes abrir el agua y ayudarme a lavarme?"

El corazón de Erika dio un vuelco. "Claro, cualquier cosa".

Erika volvió a abrir el agua de la ducha mientras observaba a la entrenadora quitarse la ropa de una manera muy informal. Debajo de la camiseta del entrenador había un sostén deportivo negro que cubría sus pequeños senos. La entrenadora se quitó los zapatos y los calcetines, parándose descalza en el suelo; luego se quitó los pantalones, revelando sus bragas.

Lo más loco fue que la entrenadora Bethy se desnudó como si estuviera sola. Sin mirar a nadie. Sin dudarlo. Nada sexy al respecto. Cuando se quitó el sostén deportivo y las bragas, reveló su cuerpo desnudo con una línea de bronceado de bikini alrededor de los senos y la entrepierna. Sus pechos eran pequeños pero sus pezones marrones eran grandes y ya rígidos.

Erika permaneció congelada cuando su entrenadora se acercó a ella y se metió debajo del agua para enjuagarse. Luego se hizo a un lado.

"Champú", dijo la entrenadora de espaldas. "Entonces usa tu exfoliante conmigo".

"Sí, entrenadora".

Con manos ansiosas, Erika puso una porción adecuada de champú en sus palmas y lo frotó en el cabello de su entrenadora. Ella acarició y masajeó hasta que burbujas blancas y espumosas estaban por todas partes. Fue divertido y extrañamente erótico lavar el cabello de otra mujer.

Luego vino la parte divertida. Erika se lavó las manos en el agua de la ducha y luego se puso gel en un exfoliante.

"¿En todos lados?" preguntó Érika.

La entrenadora Bethy se dio la vuelta para mirar a Erika, de modo que quedaron cara a cara, desnudas.

"En todos lados."

Erika respiró hondo y se puso a trabajar en el cuerpo de Bethy . Comenzando con los espacios 'seguros' primero, como los hombros y los brazos, sintiendo el tono muscular magro. Luego se trasladó a sus pechos. Sus ojos admiraron las líneas de bronceado. Erika deseaba desesperadamente pellizcar esos grandes pezones castaños, pero no tenía permiso, así que evitó hacerlo. No obstante, usó el exfoliante para presionar sobre los pezones y los senos, observándolos moverse ligeramente. Las piernas se hicieron al final.

"Ahora, deja el vello", dijo la entrenadora. "Frota mi piel. Así es como se limpian los cuerpos, ¿no?"

"Sí", respondió Erika.

Fue puro deleite cuando Erika frotó sus manos desnudas sobre la piel jabonosa de la entrenadora, sintiendo el tono y la carne. Finalmente pudo sentir esos senos, incluso frotar esos pezones (aunque todavía no pudo reunir el coraje para pellizcarlos). Incluso frotó los muslos atléticos, las pantorrillas y el trasero firme de la entrenadora.

"En todas partes", dijo la entrenadora Bethy , dándole la espalda a Erika. "Frota mi clítoris".

Erika jadeó. "¿No tienes miedo de que alguien nos atrape?"

"A esta hora del día, nadie debería estar aquí. De cualquier manera, es mejor darse prisa".

"¿Qué es exactamente lo que quieres que haga?"

"Haz que me corra".

Érika tragó saliva. "Claro. Quieres que te devuelva el favor desde la piscina".

"Chica inteligente."

Erika presionó la parte delantera de su cuerpo desnudo contra la parte trasera desnuda de la entrenadora. Se sentía eléctrico. Luego alargó la mano derecha y tocó la entrepierna y los labios mayores de la entrenadora. Se sintió como un rayo. Luego frotó el clítoris de la entrenadora. Oh Dios...

Fue bastante simple . Erika implementó su rutina normal de masturbación con dos dedos en el coño de la entrenadora y la reacción fue instantánea. La entrenadora Bethy gimió y echó la cabeza hacia atrás por el placer.

"Eres tan buena en eso", gruñó la entrenadora. "¿Donde has estado toda mi vida?"

Erika siguió frotándose el clítoris. "Ahora puedo ser tu entrenadora asistente".

"Exactamente. Extraoficialmente, eso es. Perfecto para aliviar el estrés en cualquier circunstancia. No pares, me voy a correr".

Escuchar esas palabras solo encendió un fuego debajo de Erika. Sostuvo el cuerpo desnudo de la entrenadora con fuerza y lo frotó con furia.

De repente, el cuerpo de la entrenadora se tensó y ella inclinó aún más la cabeza hacia atrás. Respiró hondo y lo contuvo, como si su corazón se hubiera detenido, luego lo exhaló todo. Todo su estrés del día desapareció en un instante, reemplazado por completo con placer.

"Eso fue una delicia", respiró la entrenadora.

"Sabes, si mis manos no estuvieran cubiertas de jabón, me lamería los dedos ahora mismo".

La entrenadora Bethy se dio la vuelta para que quedaran cara a cara. "¿Eso es lo que normalmente haces después de masturbarte?"

"Si estoy de buen humor".

"Buena chica."

Se rieron y se besaron en los labios. Luego entraron juntas en el agua de la ducha y dejaron que el jabón se escurriera por el desagüe.

Cuando cerraron el grifo, se besaron un poco más y, de repente, lo escucharon: hablar y reír. Dos o tres chicas acababan de entrar en el vestuario.

"Oh, mierda", susurró Erika con un grito ahogado. "Tenemos que vestirnos".

"No hay tiempo. Sígueme".

La entrenadora Bethy agarró a Erika por la muñeca y la sacó de la ducha mientras tomaba su propia ropa en el proceso. Fueron de puntillas al fondo del vestuario donde la entrenadora tiró su ropa en un banco y se llevó el dedo a los labios para decir: ' Shhh ....'

Se quedaron allí en silencio, desnudas, sus cuerpos goteando agua mientras escuchaban hablar a las chicas. Eran tres jugadoras en el equipo de softbol. Irónicamente, era el mismo grupo de chicas religiosas que había descubierto el secreto lésbico de la entrenadora hace un tiempo.

Ese sentido retorcido de ironía solo hizo que la entrenadora Bethy sonriera y admirara la belleza de Erika de cerca, mientras la espalda de Erika estaba presionada contra el casillero.

"No hagas ruido", susurró la entrenadora Bethy .

Mientras las chicas hablaban en voz alta entre ellas, la lengua de la entrenadora besó a Erika , y Erika le devolvió el beso tan silenciosamente como pudo.

Pero no era sólo besar lo que buscaba la entrenadora Bethy . De ninguna manera. La entrenadora cayó de rodillas y miró hacia arriba con una mirada diabólica en sus ojos. Instantáneamente, esto puso nerviosa a Erika. Sabía que si su entrenadora experimentada la estaba devorando, no había forma de que pudiera contenerse. No había elección.

La entrenadora Bethy levantó una de las piernas de Erika y colocó su pie en el banco, dejando a Erika con el coño húmedo y abierto. La entrenadora volvió a hacer el gesto de ' Shhh ....' y comenzó a comer, presionando los labios de su boca contra los labios del coño de Erika.

Por su parte, Erika apretó la mandíbula. En buena medida, Erika presionó ambas palmas sobre su boca para suprimir cualquier ruido que pudiera escapar. Se obligó a guardar silencio mientras la entrenadora realizaba una actuación oral experta; sentir la lengua zambullirse dentro y fuera, sentir que le chupan los labios y, ocasionalmente, sentir la lengua caliente acariciar su clítoris.

La volvía loca, especialmente escuchar a las jugadoras del equipo hacer bromas groseras sobre su vida sexual. También fue excitante escuchar a escondidas a esas jugadoras mientras tenían un encuentro lésbico secreto con la entrenadora.

Los sentimientos se acumularon dentro de Erika y supo que iba a estallar. Le aterrorizaba gritar porque las atraparían.

Golpeó a la entrenadora en la cabeza y articuló las palabras: "Me voy a correr tan jodidamente fuerte".

En lugar de detenerse, la entrenadora solo pareció más excitada, y volvió a hacer el gesto de ' Shhh ...'.

La entrenadora Bethy volvió a comer el coño de Erika, esta vez con más vigor, y hundió dos dedos dentro del orificio excitado. Fue suficiente para volver loca a Erika. Y la hizo correrse.

Erika se cubrió la boca con las dos manos, haciendo todo lo posible para evitar gritar. Sintió una ráfaga de fluidos en la boca de la entrenadora y, por un instante, se preguntó si la entrenadora se levantaría y la abofetearía. En cambio, la entrenadora siguió chupando. Claramente, la entrenadora disfrutó bebiéndolo.

Cuando terminó, la entrenadora se puso de pie y abrazó a su nueva jugadora favorito del equipo, sus cuerpos desnudos y sus duros pezones se tocaban. Se quedaron allí, mirándose a los ojos, mientras escuchaban a las otras chicas seguir hablando. Había fluidos por toda la boca de la entrenadora.

Finalmente, las demás jugadoras se fueron y volvieron a estar solas.

"¿Puedo contarte un secreto?" preguntó la entrenadora Bethy .

"Cualquier cosa."

"Este es en realidad un gran fetiche mío. Hacer cosas de chica a chica en el vestuario como esta. Es una gran descarga de adrenalina para mí. No hay nada como eso. Me alegro de haber podido experimentar eso contigo".

Erika suspiró, "Joder, eso estuvo tan jodidamente caliente. Creo que encontré mi nuevo pasatiempo favorito".

"Bienvenido a mi mundo. Eres la primera jugadora de mi equipo con la que he tonteado, y no sé qué hacer. Lo resolveremos sobre la marcha, suponiendo que quieras continuar. Mientras tanto, se está haciendo tarde y será mejor que nos vistamos".

Volvieron a besarse en la boca, pero esta vez Erika probó su propio chorro en la boca de la entrenadora. Cuando la entrenadora terminó el beso, agarró su ropa y se alejó.

"Espera", dijo Erika antes de que la entrenadora pudiera irse. "Perdón por chorrear en tu boca de esa manera. No fue mi intención".

La entrenadora Bethy sonrió, "Como dije, eres deliciosa".

La sesión terminó y la entrenadora se alejó, ropa en mano, con su trasero desnudo balanceándose con cada paso para que Erika la admirara.

FIN

DOMINANDO A SUSAN
EL NUEVO TRABAJO
(DOMINANDO A SUSAN VOL.1)
ERIKA SANDERS

PRÓLOGO

Robert es un maduro hombre de negocios exitoso, casado y con un hijo de la misma edad que Susan.

Sus familias han sido amigos cercanos durante muchos años y él la había visto convertirse en una joven encantadora.

Él siempre había mostrado una amistad abierta hacia la chica y, a lo largo de los años, la había hecho consciente de su afición por ella.

En secreto, su relación amistosa y su cariño por la chica ocultaban sus muchos deseos oscuros, sin ninguna oportunidad de hacerlos realidad.

Su sumisión total hacia él era el único sueño, en sus pensamientos más oscuros y que deseaba que se hicieran realidad.

Susan es una chica, recién graduada, con un título en negocios en su mano y ansiosa por experimentar el mundo.

A punto de comenzar su primer trabajo real, un puesto ofrecido por Robert, amigo de la familia, por respeto a su padre y reconocimiento de sus habilidades.

Pero también, sin que ella lo supiera, alimentado por su deseo de poseerla.

Ella es una chica agradable, sensual pero dulce que ha tenido el mismo novio, Peter, desde su primer año de universidad.

Son aventureros, pero nunca perturban su mundo.

Ella sabe lo que quiere, o cree que lo sabe, pero realmente es bastante obediente dejando que otros la guíen por los caminos de su vida.

EL NUEVO TRABAJO

Se para frente al edificio, y sus ojos contemplan la fachada de acero y vidrio.

Observa a todos los hombres y mujeres bien arreglados y apresurados entrar y salir de la entrada.

Mira su propio traje de falda corta, reanuda el paso, y entra.

Se siente pequeña y un poco intimidada por los hombres que se elevan por encima de su estatura de un metro sesenta mientras sube al elevador y entra en el negocio de su nuevo empleador.

Mirando a su alrededor, lo ve en el mostrador de recepción hablando con una bomba de mujer rubia y riendo coquetamente, y su sonrisa iluminando su rostro mientras la gira hacia ella.

Ella se sonroja sin saber por qué y se mueve hacia él con los tacones haciendo clic en el suelo de baldosas.

El brazo de él le rodea protectoramente sus hombros mientras la presenta a la chica del escritorio.

"Anne, esta es mi pequeña Susy!"

Ella se sonroja, luego se endereza y extiende su mano.

"Hola, en realidad mi nombre es Susan, gusto en conocerte".

Él la dirige con la mano constante sobre su hombro a varios departamentos y a otros ejecutivos.

La presenta como Susan, por lo que está agradecida, y que quiere poner sus mejores maneras en este mundo de gran rivalidad.

Ella permanece cerca de él durante toda la mañana tratando de memorizar una gran variedad de nombres antes de que finalmente la lleve a su suite de oficina.

Él la muestra el escritorio en la antesala que será suyo la mayor parte del tiempo que ella esté aquí.

Ella guarda su bolso y pasa los dedos suavemente sobre los muebles bien elegidos.

Es llevada a su oficina donde él le señala con la mano a los opulentos muebles oscuros, todos de cuero y caoba.

"Y aquí es donde trabajo".

Dejando su lado por primera vez, él se sienta en su escritorio.

Ella se siente extrañamente sola parada en esta gran oficina ante él.

Tomando algunas llaves, continúa hablando:

"A la izquierda, detrás de la salita de recreo, encontrarás una puerta a una pequeña cocina. Esta a menudo entretiene a los clientes. El refrigerador de la barra debe permanecer abastecido siempre con lo que aparece en la lista, y además hay un menú. Debes aprender a cocinar todos los platos, en caso de que el cocinero no esté disponible. Lo pondré en tu programa de entrenamiento ".

Se había movido rápidamente detrás de ella empujándola hacia la puerta y abriéndola.

Con los ojos muy abiertos y sobrecogida por el tamaño de la compañía y las oficinas que poseía, todo lo que puede hacer es asentir tontamente.

"Eso será así. "

"Sí, señor", dice él con una sonrisa, pero la severidad de su voz la sacude.

"Sí, señor ". Ella responde automáticamente.

Tomándola del brazo, él se mueve fuera de la cocina y la lleva a otra alcoba con la puerta en la misma pared.

"Y este es mi baño privado, puedes usarlo, pero solo con mi permiso, ¿entiendes, Susy?"

Ella asiente de nuevo sin palabras ante la opulencia de este baño, recuperándose cuando lo siente ponerse rígido, balbuceando:

"Sí, señor".

Él sonríe ante su obediencia.

"Utilizará el baño de empleados en el pasillo si tiene necesidades y yo no estoy aquí"

Ella es más rápida esta vez.

"Sí, señor".

En el otro lado de la habitación, dos alcobas similares con puertas que él les muestra.

"Esta es una sala de reuniones privada", ella mira rápidamente mientras él la apresura "... y aquí es donde descanso si necesito pasar la noche en la ciudad ".

La habitación estaba oscura y se vislumbraba una gran cama con dosel y bancos extraños en la gran sala.

Apenas tuvo tiempo de percibirlo antes de que le cerrara la puerta.

La lleva de vuelta a su escritorio, enciende la computadora y le muestra el servicio de mensajería personal desde su oficina a su computadora que siempre debe estar encendida y abierto.

Contento con los "Sí señor" apropiados en los momentos correctos y su inclinación natural a ser servicial, la deja en el escritorio para que se familiarice con su nuevo entorno.

Él pone a prueba su atención enviándole pequeños mensajes instantáneos y se sonríe ante sus respuestas inmediatas mientras ella lee las tareas y los distintos horarios que le quejaron en su escritorio.

LA OCUPACIÓN REAL

Él fue paciente y amable mientras ella se familiarizaba con su nuevo trabajo dentro de su compañía.

Hablaba con ella a menudo a través de la pantalla de mensajería instantánea durante los momentos en que no estaba en reuniones, o fuera de la empresa, preguntándole acerca de su familia, amigos, por cómo iban las cosas con su novio, haciéndola sentir a su vez su cariño e interés genuino en su vida.

Durante las primeras semanas, muy ocupadas de su entrenamiento, se tomó el tiempo de consultar con ella y ajustarle el horario si fuera necesario, convirtiéndose en su mentor, su amigo y, a veces, una figura paterna severa.

Bromeaba con ella, jugaba y charlaba amigablemente.

Las conversaciones poco a poco se volvían más íntimas a medida que pasaba el tiempo.

Jugaron a verdad o reto, a menudo, a través de la computadora, y en el juego sus preguntas se volvieron más personales y directas.

Luego se detuvo mientras leía su última respuesta.

Había esperado que sucediera algo así, pero nunca esperó realmente que sucediera.

Aquí estaba jugando a la verdad y aquí estaba la ocasión de atreverse con ella otra vez.

Ella siempre elegía la verdad ... y acaba de confesar una nalgada de su novio, y que le había gustado.

Con eso, iba a comenzar a hacer realidad su sueño.

Sabía que probablemente nunca volvería a jugar a esto con él de nuevo, y casi retrocedió, pensando que ella quería dejar de hacerlo, o peor aún, decírselo a alguien de la compañía y luego a su familia.

Sin embargo, tenía que seguir adelante.

Su deseo sostenido por mucho tiempo lo condujo, y comenzó a escribir.

Ella no había elegido atreverse, pero él continuó escribiendo...

* * *

"Te reto a que me dejes azotarte, Susy".

Ella fijó la vista, no podía creer lo que estaba leyendo.

Se había acercado a él, lo adoraba y la forma en que la cuidaba y la hacía sentir tan especial, casi como su fuera su padre.

Quizás estaba bromeando con ella otra vez, sin creer lo que ella le había contado sobre su cita la noche anterior.

Su mente dio vueltas al pensar en cómo se había sentido recibiendo una nalgada por parte de su novio y se retorció en su asiento al darse cuenta de que necesitaba responder.

Miró fijamente la pantalla, el cuadro de mensaje estaba en blanco, de momento, esperando su respuesta.

* * *

Él comenzó a asustarse, pero luego vio que ella estaba escribiendo.

Su corazón latía rápido, y se asustó el pánico, antes de que finalmente viera lo que ella estaba escribiendo.

"Sí señor."

Tecleó rápidamente, empujándola a actuar a ella y a su suerte:

"Entonces entra en mi oficina y cierra la puerta. Cuando entres a mi oficina obedecerás todas mis órdenes, te acostarás sobre mi regazo sin hablar y te someterás a mis nalgadas".

* * *

Ella parpadeó ante su respuesta.

Este juego se estaba volviendo serio, pero era solo un juego, ¿verdad? ¿La estaba probando?

¿Debería retroceder?

Ambos estaban nerviosos y tensos por sus propios motivos, pegados a la pantalla de la computadora.

Ella no quería ser la primera en retroceder y que él se burlara de ella.

Ella escribió:

"Sí, señor".

***

"Entonces ven a mi oficina, Susy, y cierra la puerta".

No hubo respuesta, pero ella entró rápidamente a su oficina y cerró la puerta como un conejo asustada, incrédulo de lo que acababa de aceptar, pensando que todavía estaba jugando con ella.

Se sentó aparentemente impasible mientras su cuerpo le dolía por ella, al ver su miedo, la confusión y el calor en sus ojos que la hizo continuar.

"Mi regazo espera"

Ella dio un paso adelante y él levantó la mano, se detuvo a medio paso.

"Estuviste de acuerdo en obedecerme entrar en esta habitación, ¿no?"

Visiblemente temblando, ella susurró:

"Sí, señor".

Él señaló el suelo, se estaba envalentonando, y gruñó,

"Arrástrate hacia mí".

Observó cómo veía las emociones jugar en su rostro, renuencia, miedo, temor, emoción y finalmente sumisión.

Dejó escapar el aliento que estaba conteniendo mientras veía el comienzo de su sueño hacerse realidad, su pequeño cuerpo cayendo de rodillas y luego a sus manos mientras ella comenzaba a gatear hacia él.

Sintió que su polla se agitaba al verla.

Era suya finalmente, aunque solo fuera por esta tarde.

***

No podía creer que estaba haciendo esto, este hombre que había conocido toda su vida estaba a punto de azotarla realmente.

El juego había ido demasiado lejos, pero ¿por qué no lo estaba deteniendo?

¡Ella se da cuenta de que lo quería!

Oh, Dios, ¿ella lo quería?

¿Había algo mal con ella?

¿Por qué se sentía así?

Sus ojos se clavaron en su fuerte cuerpo en su gran silla cuando ella alcanzó sus pies y deslizándose como una serpiente se movió en su regazo.

Sabía que estaba mal, pero no podía evitarlo.

Sin palabras, sin discusión, sin acariciarla por ser una buena chica, la mano se estrelló contra su trasero con fuerza, y ella chilló.

***

Miró al hermoso ángel que se arrastraba hacia él, su mente yendo a los lugares más oscuros y teniendo que retroceder, tan joven e impresionable que no se da cuenta de su valía.

Él usaba toda su fuerza de voluntad para permanecer impasible mientras ella se desliza sobre su regazo, seguro de que puede sentir esta dureza en su estómago mientras él le levanta la falda, revelando una tanga rosa, levanta la mano y la golpea con todas sus fuerzas.

Si solo por esta vez la disfrutara.

Observa cómo sus músculos tensos se ondulan bajo el ataque y las huellas su mano brillan en rojo sobre su piel blanca.

Ella chilla y jadea:

"Ohhhhh esoooo dueleeeeee".

Ella chilla y retuerce sus piernas pateando cuando él la azota de nuevo profundamente.

***

Pierde la cuenta de los azotes mientras el dolor llena su pequeño cuerpo y la calienta.

Se da cuenta del calor que comienza en su pequeño coño y la humedad en sus muslos mientras la azota.

Perdida en su calor y necesidad de gritar, pequeñas lágrimas surcan sus mejillas.

* * *

Su mano se adormece mientras la azota con fuerza saboreando la tensión de los músculos duros, sus gritos y súplicas para que deje de azotarlo mientras pinta su pequeño culo de un rojo brillante.

Se detiene cuando la ve mojada entre las piernas, increíblemente, su pequeño cuerpo espasmódico sobre su regazo.

* * *

Su mente se encerró en el poder de este hombre mientras jadea y chilla.

Mientras él continúa azotándola con fuerza y rápido, su cuerpo se hace cargo mientras su mente se tambalea, siente el calor y la necesidad acumulada de un novio demasiado inepto y perdida en la sensación que ella se corre, se pone dura y su orgasmo le cae a chorros sobre sus muslos con este simple azote.

Ella siente que él se detiene y se muere adentro.

Su vergüenza la llena mientras ella tiembla sobre su regazo, jadeando y sollozando.

El calor de su rubor llenaba su rostro, tan avergonzada, ¿cómo pudo haber hecho eso?

* * *

Él sonríe al ver su cara sonrojarse de vergüenza, la mantiene en su lugar, sabiendo que este es su momento.

"Durante la próxima semana, te convertirás en mi esclava. Esta será tu ocupación real. Me obedecerás en todo lo que yo te mande. Te mantendrás a la vista todo el tiempo y me pedirás permiso para irte si es necesario, aunque solo sea para ir al baño. Te poseeré y me obedecerás. Al final de una semana hablaremos de esto nuevamente ".

* * *

Acostada en su regazo sintiendo el orgasmo de sus nalgadas, ella escucha sus palabras.

Es una declaración, no una pregunta.

Se da cuenta de que no le ha dado opciones.

Ella inclina la cabeza avergonzada, temblando por lo que acaba de hacer.

Y ella gime:

"Sí señor"

LA HISTORIA CONTINUA EN EL PRÓXIMO VOLUMEN: LAS REGLAS

CONAN EL BÁRBARO VOL.1 ERIKA SANDERS

El sol brillaba sobre la ciudad de Tarantia cuando el pequeño grupo redondeaba la cima de la colina.

Las torres blancas, las cúpulas de cobre y los minaretes brillaban a la luz del sol, dándoles la bienvenida después de su largo viaje.

Las últimas semanas habían sido emocionantes, peligrosas, ya que habían explorado catacumbas perdidas en busca de un tesoro, defendiéndose de monstruos y espíritus malignos para obtener su premio.

De hecho, que eran las monedas que ahora cargaban sus mochilas.

Conan miró a sus colegas, compañeros acérrimos en las batallas que habían enfrentado, y muchas más anteriormente.

Lady Yasimina era la líder del grupo, a pesar de sus orígenes extranjeros.

Nacida en la aristocracia en algún lugar del sur, más allá del río Estigio, no se parecía en nada a los nobles de Tarantia o sus ciudades vecinas.

Su cabello rubio hasta los hombros estaba libre al aire, ya que se había quitado su casco, y sus labios pálidos formaron una sonrisa al ver la ciudad por delante.

Podría ser una extranjera, pero Tarantia se había convertido en un hogar para ella también en los últimos años.

Con el polvo del viaje y el calor de las batallas pasadas, solo su porte real ahora marcaba su ascendencia noble, pero una vez que ya habían regresado, no cabía duda de que ella podría volver a moverse entre la nobleza sin problemas por su conocimiento de la etiqueta requerida, lo que hace ideal alguien ideal como portavoz del grupo.

Mucho más que un bárbaro como Conan.

En contraste con Lady Yasimina que era musculosa y estaba fuertemente blindada, al lado de Conan estaba Valeria, era una hechicera elfa, armada solo con una daga metida en su cinturón.

Ella llevaba ropa de viaje ahora, por supuesto, pero para mañana, él estaba seguro de que estaría vestida con ricas ropas que complementaban su belleza.

Tan pálida y rubia como Yasimina, su cabello era largo, actualmente atado en una larga cola de caballo para revelar los puntos altos de sus orejas.

Había vivido entre los bosques de las islas del sur durante gran parte de su vida, lo que tal vez explicara su expresión extraña a medida que se acercaba la ciudad.

Pero parecía, pensó Conan, tranquila y relajada.

Quizás para ella, como un elfo, esto fue solo el final de otro viaje, una pausa entre viajes, en lugar de un verdadero regreso a casa.

Zula, la tercera de las mujeres, parecía la más feliz.

La pequeña duende se sentó hacia delante en la silla de montar del pony, con los ojos fijos en la ciudad por delante.

Ya se había esforzado por arreglarse antes de la llegada, quitándose el polvo de la ropa, e incluso ahora, enderezó su túnica rojiza y se pasó una mano por el corto cabello castaño.

Parecía estar anticipando el regreso a casa más que los demás, y Conan pensó que a menudo esto parecía ser así.

Sabía que los duendes eran amantes de la familia y el hogar, y aunque Zula no tenía parientes vivos que él conociera, tal vez, para ella, este era su hogar, el lugar donde se sentía más cómoda.

Ciertamente, ella era una nativa de la ciudad, como él.

Como de costumbre, Snagg era el más difícil de leer.

El enano era taciturno, como todos sus parientes, y su rostro no mostraba ninguna emoción ahora.

Su armadura era pesada y estaba maltratada, ya que se había llevado la peor parte en los combates de las últimas semanas, y se habría visto herido o peor, si no hubiera sido por la magia curativa de Yasimina.

Los ojos oscuros bajo las cejas espesas permanecían fijos en el camino por delante, ensimismado es cualesquiera que fueran los pensamientos que los enanos a menudo mantenían para sí mismos.

Conan se dio la vuelta y miró hacia Tarantia.

Ahora aquel era su hogar, donde había crecido y aprendido lo que ahora es, mucho antes de conocer a los demás.

No tenía ninguna duda de que estaba contento de volver.

En poco tiempo, él lo sabía, volverían a lanzarse en busca de aventuras, y él disfrutaba esos momentos.

Pero la ciudad tenía muchos placeres que le eran negados en el camino.

Era un lugar civilizado, un lugar parecido a un santuario.

En los próximos días, habrá muchas cosas que hacer.

Tenía que asistir a la Escuela de Guerreros y reencontrarse con sus amigos y compañeros y para continuar con su entrenamiento.

Y, además, hacer sus meditaciones en la capilla del templo, donde, allí mismo, oraba a la deidad más cercana a su corazón: Muriela, la diosa del amor.

Pero, sobre todo, tendría tiempo para relajarse, para disfrutar de los baños públicos, la buena comida y el vino, para charlar en los mercados y, si Muriela accedía, encontrar compañía para pasar la noche.

***

La villa se encontraba cerca del lado oeste de la ciudad, no muy lejos dentro de la muralla.

Era un edificio grande, primero comprado y luego renovado, con el dinero que se habían ganado al realizar aventuras.

Conan y Zula habían insistido en eso; vivían en posadas mientras estaban en fuera, pero querían un lugar al que volver, una base de operaciones que realmente pudieran llamar suya.

Le tomó un tiempo restaurar el edificio a su estado actual, ya que se encontraba bastante deteriorado cuando lo compraron.

Pero por el resultado bien valió la pena el tiempo y el gasto.

El edificio central tenía dos pisos de altura, con, como muchos otros en la ciudad, un techo ancho y plano donde podían reunirse en el verano.

A cada lado había dos alas, una de las cuales contenía los establos.

Y entre las alas había un amplio patio, amurallado del resto de la ciudad.

Para los aventureros, contar con al menos algún nivel de defensa era algo natural, aunque estuvieran a salvo como deberían estar en Tarantia.

Yakin cerró las puertas cuando el último de los caballos entró en el patio.

Era un hombre joven, competente en su trabajo como administrador, pero no era un aventurero.

Lo habían contratado hacía un año, dándose cuenta de que alguien tenía que mantener la casa mientras estaban lejos en el desierto.

"¿Lo han hecho bien?" preguntó: "Veo que ninguno de ustedes está herido, ¡gracias a los dioses!"

Conan sonrió, desmontó y dio una palmada al joven en la espalda.

"Sí, lo hemos hecho bien. Debemos llevar este tesoro a la bóveda y luego limpiarnos. Vamos a requerir solo un almuerzo ligero; demos tiempo para que traigan algunos suministros frescos".

Miró a los demás a su alrededor.

También habían desmontado de sus caballos y ponis, estirando las piernas después del viaje.

Yasimina y Valeria se unieron a él para saludar a Yakin, pero Snagg solo asintió con la cabeza en su dirección, sin decir nada.

Zula parecía estar ocupada con las mochilas en su caballo, solo mirando de vez en cuando en su dirección.

Quizás ella pensó que algo se le había soltado...

Conan apartó el pensamiento de su mente.

"Te lo contaremos todo, esta misma tarde", dijo Yasimina, "pero yo, en primer lugar, estoy deseando un baño y algo de ropa limpia. Y, por la noche, ¿una buena comida, pudiera ser? ¿Estará todo listo?"

"Sí, mi señora", respondió Yakin, "y no ha pasado nada importante mientras estaba fuera, me complace decir que todo está como lo dejó".

"Pues ya ves," intervino Conan, "esta noche, creo que me gustaría ir a una taberna. Gastar un poco de ese dinero duramente ganado, ¡y recordar cómo es estar de vuelta en la ciudad! ¿Hay alguien que esté conmigo?"

Snagg asintió, gruñendo su asentimiento, pero las mujeres protestaron.

"No, creo que un poco de paz y tranquilidad me apetece más hoy" respondió Valeria. "Me quedaré aquí esta noche".

"Igual que haré yo", respondió Yasimina, que luego miró hacia el último miembro del grupo, que todavía no se había unido a ellos, "¿Qué hay de ti, Zula?"

"Oh ..." dijo la enana, como si estuviera un poco sorprendida, "no, no, creo que también me quedaré aquí. Yo, uh, creo que me acostaré temprano, de hecho. Yo me siento bastante cansada después de todo este tiempo acampando en tiendas".

Conan asintió. Sería, quizás, bueno pasar una noche con una compañía diferente durante un rato, habiendo estado de viaje junto con los demás durante tanto tiempo.

"Solo tú y yo, entonces, Snagg", dijo, y agregó: "trataremos de no ser demasiado ruidosos cuando regresemos. Pero primero, tenemos una tarde por delante ... y un hombre joven al que entretener. Con nuestras historias de aventura, ¿eh?

***

La posada La Copa de Oro estaba llena, como era habitual a esa hora de la noche.

Aunque el lugar alquilaba habitaciones, era tanto una taberna como una posada, por lo que, cuando las sombras comenzaron a alargarse afuera, mucha de la buena gente de Tarantia entraban a tomar una bebida antes de dirigirse a sus hogares.

Sin embargo, la clientela era generalmente respetable, por lo que había pocas posibilidades de una pelea o, por lo demás, de que ocurriera algo desagradable, como a menudo era el caso en las tabernas de otras partes de la ciudad en zonas menos recomendables.

Esta era la razón por la que a Conan le gustaba y, además porque los visitantes moderadamente ricos procedentes de fuera de la ciudad a menudo se alojaban aquí, por lo que también solía ser un buen lugar para encontrar trabajo.

Pero esa no era la razón por la que Snagg y él habían venido aquí esta noche.

Habían tenido bastante trabajo por el momento.

Quería relajarse y divertirse, al menos por una noche.

Encontró una mesa libre, y ambos se sentaron y pidieron una bebida.

La camarera, que no pudo dejar de notar, era bonita.

Ella tendría unos veinte y tantos años, con un pelo rizado que le llegaba a los hombros, del color de la arena dorada, los ojos marrones y una sonrisa de bienvenida.

Su camisa blanca de manga corta era escotada y revelaba un amplio escote.

Y su piel, por lo que podía ver, era preciosa y estaba ligeramente bronceada.

"Eres nueva", dijo, sonriendo mientras ella se acercaba con una bandeja de bebidas, "¿cómo te llamas?"

"Livia", dijo simplemente, regalándole con una sonrisa llena de hermosos dientes blancos.

Mientras lo hacía, notó que sus ojos se movían sobre él, absorbiendo su cabello oscuro, su barba corta, y lo que él esperaba era un cuerpo atlético y razonablemente delgado, debido a un trabajo que a menudo lo mantenía ejercitado.

Su mirada se cernió ligeramente sobre sus orejas, ligeramente puntiaguda, y mostrando su herencia de medio elfa.

"Llevo trabajando aquí un par de semanas, pero no le he visto antes. ¿Viene a menudo?"

Puso un par de jarras sobre la mesa, mirando brevemente a Snagg, pero luego, aparentemente sin ver nada de interés, se volvió de nuevo hacia Conan.

"Mi nombre es Conan", respondió él, "y en realidad vivo cerca. Pero Snagg y yo hemos estado lejos últimamente, fuera de aquí".

"¿Un aventurero?" ella dijo, sonando impresionada, "o un comerciante, ¿tal vez?"

"Lo primero, y me atrevo a decir que podría tener muchas historias interesantes para contarte, si tienes tiempo".

Snagg levantó los ojos ligeramente ante el comentario.

Sin duda, para un enano, incluso esto fue un poco demasiado lanzado.

"Más tarde, tal vez", dijo Livia, "hay otros clientes".

Otra rápida sonrisa, y ella desapareció de nuevo entre la multitud.

"Bueno, amigo mío", dijo Conan, volviéndose hacia su compañero aventurero y levantando su jarra "¡Por nuestras recientes victorias!"

Y a medida que avanzaba la noche, intercambiaron historias de sus recientes aventuras, y un pequeño grupo comenzó a reunirse alrededor de la mesa.

De algunos, Conan sabía que eran contactos y amigos que también frecuentaban esta taberna, pero algunos otros eran personas a las que reconocía vagamente, como mucho.

Snagg se volvió más voluble cuando bebió más cerveza, pero el guerrero no vio razón para frenarlo.

Hablaba más de peleas y escapadas cercanas a la muerte que de riqueza y tesoros, y ¿de qué servía ser un aventurero si no podías jactarte un poco?

Además, su atención a menudo estaba en otra parte.

Cuando Snagg se lanzó a una historia sobre una lucha contra un no-muerto en la sombra, Conan miró a Livia.

Había notado que había prestado atención a las historias, y sus ojos estaban más en él que en el enano, independientemente de quién hablara.

En este momento, sin embargo, estaba inclinada para buscar una jarra de detrás de la barra.

Su falda verde caía hasta la mitad de la pantorrilla, por lo que podía ver poco de sus piernas, pero su culo estaba bien redondeado.

Se lo imaginó sin la falda, cómo se sentiría en sus manos ahuecadas ...

"¿Y entonces...?"

"¿Hmm?" se volvió hacia Snagg, consciente de que había estado mirando a otro lado, y había perdido el hilo de la conversación.

"Dígales lo que hizo a continuación", le incitó al enano, "después de que el frasco de Yasimina se hubiera caído al pozo".

Él obedeció, regresando a la historia, y olvidándose momentáneamente de Livia.

Pero entonces ella apareció en el otro lado de la mesa, limpiando una mancha en su camino.

Se inclinó mientras lo hacía, muy deliberadamente, pensó él, dando una visión clara y sin obstrucciones de la parte superior de su camisa, y de los montículos de sus pechos sobresaliendo sobre su escote.

Se aclaró la garganta, "de vuelta a ti ..." le dijo a Snagg.

Livia le mostró esa sonrisa otra vez, deslizándose alrededor de la mesa hasta que estuvo a su lado, acercando su hermoso muslo contra su mano.

No pudo ser un accidente, por lo que él deslizó subrepticiamente su mano hacia arriba, sintiendo la forma de su cuerpo a través de la gruesa tela de su falda, dándole un ligero apretón a la nalga.

Ella no dijo nada, y todos los demás miraban hacia Snagg en ese momento.

Miró hacia ella, y ella levantó los ojos hacia el techo, en dirección a los dormitorios de la posada, y le guiñó un ojo.

Él asintió en silencio, y luego ella se fue, de vuelta hacia el bar y a otro grupo de clientes.

***

Conan paseaba por la habitación oscura.

La luna mayor se elevaba hacia afuera, proyectando su luz plateada sobre la ciudad, y una parte se derramó a través de la pequeña ventana.

La tarde había llegado a su fin, y Snagg se había marchado, regresando solo a la villa.

Parecía resignado por eso, no particularmente sorprendido, pero tampoco aprobándolo.

Los enanos, después de todo, no adoraban a Muriela.

Conan ya se había desnudado hasta la cintura y se quitó las sandalias, con su ropa ahora doblada en una silla en la esquina.

La habitación contenía sólo una cama y una mesa pequeña.

No era una de las habitaciones más elegantes de la posada, pero eso realmente no importaba.

No había espejo, pero el guerrero alisaba su cabello de todos modos, tratando de verse lo mejor posible.

Podía oír que se estaba limpiando escaleras abajo, ahora que los últimos invitados se habían dirigido a sus casas o habían subido a sus habitaciones.

Hubo un golpe silencioso en la puerta, y rápidamente se acercó para abrirla.

Livia se quedó enmarcada en la puerta, sosteniendo una vela en un plato pequeño en una mano.

La luz de las velas iluminó su rostro y su pecho, su cabello rizado proyectando sombras, sus labios ligeramente separados e invitantes.

"Estaba empezando a pensar que no vendrías", dijo él bromeando, pero la espera no había sido demasiado larga.

"No había tenido oportunidad", dijo ella, mostrando esa sonrisa una vez más.

Rápidamente entró a la habitación, cerrando la puerta firmemente detrás de ella y colocando la vela en la mesa.

Conan se movió para apagarla, pero ella alcanzó su mano, sosteniéndola en la de ella.

Su piel era suave, cálida.

"Déjala encendida", murmuró Livia, sus ojos vagando sobre su pecho desnudo y hasta la parte superior de su cuerpo.

De repente, ella tomó su cabeza con su mano libre y lo atrajo hacia ella, besándolo apasionadamente.

El beso se demoró, sus labios se juntaron.

Conan puso sus brazos alrededor de ella, juntándolos, aplastando sus voluptuosos pechos contra su pecho, separados solo por la tela de algodón de su camisa.

Sus brazos se envolvieron alrededor de él, sus manos exploraron su espalda, enviando un hormigueo de anticipación por su espina dorsal.

Hicieron una pausa, respiraron hondo y se miraron a los ojos, y luego volvieron a besarse, con sus lenguas entrelazadas.

Por fin, ella se retiró, y él la miró de nuevo, admirando la forma en que su pecho se alzaba.

Él se agachó y le quitó la camisa blanca, deslizando las manos sobre sus lados, y luego la levantó por encima de su cabeza mientras ella levantaba los brazos.

Ella sonrió de nuevo, pronunciando la simple frase, "¿te parezco bien?"

Era una pregunta que realmente no necesitaba respuesta; ella era magnífica.

En lugar de responder, él ahuecó sus pechos en sus manos, pasando sus dedos sobre la piel.

Sus pezones eran grandes y rosados, también ya estaban duros y de punta cuando él acarició con sus pulgares.

La atrajo hacia él otra vez, y se besaron mientras pasaba sus manos por su cabello, trazando los contornos de su cuello.

La llevó con cuidado hacia la cama, besándola alternativamente y tocando sus pechos.

Livia suspiró mientras se acostaba de espaldas, y él se subió a la cama junto a ella.

Él besó su barbilla, y luego su cuello, bajando hacia su clavícula.

Hizo una pausa por un momento, admirando la forma de sus pechos, luego inclinó su cabeza hacia uno, sacudiendo su pezón con su lengua.

Ella murmuró algo inaudible pero feliz, y él continuó, chupando suavemente y pasando su lengua sobre la piel sensible.

Él masajeó su pecho libre, luego cambió postura.

Sabía bien, mientras sus propias manos pasaban por su brazo, sobre su hombro, sintiendo su cuerpo firme.

Miró hacia arriba, y sus ojos se encontraron de nuevo.

"Mmm ... no te detengas" Dijo ella.

En lugar de responder, él la besó en la base de su esternón y luego se movió por su estómago.

Reflexionó de nuevo sobre la suavidad de su piel y la forma de su cuerpo, bien siluetada, pero sin músculos duros.

Alcanzó la banda de su falda, bajándose de la cama para colocarse entre sus piernas.

Le sacó la falda y las bragas de algodón, sobre sus caderas, deslizándolas sobre sus piernas para colocarlas en el suelo.

Livia se quitó los zapatos y se quedó desnuda e indefensa ante él.

Desnuda, sus piernas se veían tan bien como él lo había imaginado abajo en la taberna.

Pasó sus manos sobre sus muslos, moviéndolos lentamente hacia arriba, y besó sus caderas, justo al lado del montículo de vello púbico.

Sus piernas estaban separadas, y él sopló suavemente entre ellas, el calor de su aliento provocándola, mientras miraba, a la luz de la vela, una gota de humedad brillando entre ellas.

"Oh sí," suspiró Livia, "sí, por favor ..."

Pasó su lengua por la rajita, luego separó sus labios, sondeando la cálida y acogedora carne de su coño.

Livia jadeó de placer, sus caderas retorciéndose lujuriosamente contra las sábanas.

Conan puso sus manos en sus nalgas y continuó chupando y lamiendo, lanzando su lengua contra su clítoris.

Livia estaba gimiendo suavemente ahora.

Bajó una mano para acariciar su cabello, corriendo a lo largo del contorno puntiagudo de su oreja izquierda.

Él levantó la vista, observando cómo esos maravillosos senos subían y bajaban a medida que su respiración se hacía más pesada, más agitada.

Regresó a su tarea, ahora metiendo uno de sus dedos en su coñito mientras continuaba lamiéndolo.

Mientras jugaba con su clítoris, ella gimió, moviéndose ligeramente debajo de él, así que lo hizo de nuevo, convirtiendo sus gemidos en jadeos apasionados.

Se puso de pie, una vez más admirando la belleza de la muchacha que tenía ante él.

Livia se apoyó en los codos, el sudor ahora le goteaba la cara, y le clavaba un mechón en la frente.

Su mirada viajó por su cuerpo, mientras él una vez más se sentó en la cama junto a ella.

"¿Lo disfrutaste, verdad"

Se burló él de ella, recibiendo un beso en respuesta.

Se estiró para acariciar uno de sus pechos otra vez, mientras su mano se deslizaba por su costado.

Ella tiró de su cinto, aflojó el cordón con un poco de dificultad y luego se las puso sobre los muslos.

Él se quitó el calzón, y la mano de ella buscó su polla, acariciando a lo largo de su longitud, y pasando su dedo por la punta, rozando el capullo.

Él besó su pecho más cercano otra vez, chupando el pezón, lamiéndolo, mientras su propia mano acariciaba su erección.

Se maravilló de nuevo ante la suavidad de su toque, que parecía solo llevarlo a un éxtasis mayor.

Ella frotó su polla contra el húmedo cabello de su vagina, y él miró hacia arriba viendo su implorante mirada.

Haciendo girar su pierna, se montó encima de ella, su peso presionando sus pechos.

Ella lo guió, hacia adentro, mientras él empujaba profundamente dentro de su acogedor coño.

"Oh, dioses", murmuró ella, envolviendo un brazo detrás de su cuello y agarrando sus nalgas con la otra mano mientras continuaba meciéndose hacia adelante y hacia atrás.

Estaban jadeando ahora, el placer brotaba dentro de él mientras empujaba una y otra vez dentro de su cuerpo.

Se besaron, mientras él le daba un masaje a uno de sus pechos, y ella pasaba un dedo alrededor del contorno de su oreja.

Hizo una pausa por un momento, no queriendo que el evento termine demasiado pronto.

Sus ojos marrones estaban vivos, brillando a la luz de las velas, y su sonrisa era tan contagiosa e invitadora como siempre.

Él comenzó a moverse de nuevo, sintiendo sus caderas apretándose contra él, su mano agarrando sus nalgas con más fuerza ahora, sus pechos llenos de sudor, mientras continuaba bailando sus pezones rosados e hinchados.

Livia gritó cuando él se corrió, agarrándolo hacia ella mientras su propio orgasmo sacudía su cuerpo.

Incluso Conan no había esperado que su primera noche de regreso de la aventura fuera tan placentera ...

FIN

www.ingramcontent.com/pod-product-compliance
Lightning Source LLC
LaVergne TN
LVHW090128160826
845673LV00015B/1106